LE TEMPLE DE LA PAIX.

BALLET.

DANSÉ DEVANT SA MAJESTÉ à Fontainebleau le d'Octobre 1685.

A PARIS,
Par CHRISTOPHE BALLARD, seul Imprimeur du Roy pour la Musique, ruë Saint Jean de Beauvais, au Mont-Parnasse.
ET SE VEND
A la Porte de l'Academie Royalle de Musique, ruë Saint Honoré.

M. DC. LXXXV.
Par exprés Commandement de Sa Majesté.

PERSONNAGES.

TROUPES de Nymphes qui danſent.

TROUPES de Bergers & de Bergeres qui danſent.

TROUPES de Nymphes de Bergers & de Bergeres qui chantent dans les Chœurs.

CLIMENE, *Bergere, aimée de Silvandre.*

SILVANDRE *Berger, Amant de Climene.*

SILVIE, *Bergere, aimée de Daphnis.*

AMARYLLIS, *Bergere, aimée de Lycidas.*

AMYNTAS, *Berger.*

MENALQUE, *Berger.*

ALCIPPE, *Berger, Amant d'Amarillis.*

LYCIDAS, *Berger, Amant d'Amarillis.*

THYRSIS, *Berger.*

DAPHNIS, *Berger, Amant de Silvie.*

PHILENE, *Berger.*

TROUPE de Basques qui dansent.

UN Jeune Basque, & une Fille Basque qui chantent.

TROUPE de Bretons & de Bretonnes qui dansent.

DEUX Bretonnes qui chantent.

UN Sauvage qui chante seul.

TROUPE de Sauvages qui chantent & qui forment un Chœur.

TROUPE de Sauvages qui dansent.

UN Afriquain qui chante seul.

TROUPE d'Afriquains & d'Afriquaines qui dansent.

LE TEMPLE DE LA PAIX.

BALLET.

E Theatre repreſente un Temple environné d'un Boccage. Les Nymphes de ce Bois ont fait eſlever ce Temple, & elles vont celebrer une Feſte pour le dedier ſolemnellement à la Paix. Elles ont fait annoncer cette Feste, & ont invité plusieurs Peuples de s'y trouver. Les Bergers & les Bergeres des lieux d'alentour commencent à s'assembler avec les Nymphes devant le Temple de la Paix.

CLIMENE, & les Chœurs des Nymphes, des Bergers & des Bergeres.

Reparons-nous pour la Feste nouvelle,
Le bruit des Concerts nous appelle:
Meslons nos voix au son des Chalumeaux,
Dansons à l'ombre des Ormeaux.

SILVANDRE.

D'un Roy tousjours Vainqueur la Vertu sans exemple
Nous assûre un heureux repos.
Les Nymphes de ces lieux ont eslevé ce Temple
A l'honneur de la Paix qu'on doit à ce Heros.
La prompte Renommée a publié la Feste
Que dans ce Bois tranquille avec soin on apreste:

Cent Peuples de divers Climats
Viendront entendre nos Musettes,
Et chanter avec nous dans ces belles Retraites
La Paix & ses charmants appas.

SILVIE & AMARYLLIS

Sans crainte dans nos Prairies
Laissons nos Moutons paissans:
Les Animaux cruels & ravissans,
Sont loin de nos Bergeries:
Dans ces beaux lieux nos soins les plus pressans
Sont de joüir des plaisirs innocens.

Chœurs des Nymphes des Bergers & des Bergeres.

Preparons-nous pour la Feste nouvelle;
Le bruit des Concerts nous appelle:
Meslons nos voix au son des Chalumeaux,
Dansons à l'ombre des Ormeaux.

PREMIERE ENTRE'E.

Les Nymphes, les Bergers, & les Bergeres dansent ensemble.

NYMPHES.

MADAME LA PRINCESSE DE CONTY.
& Mademoiselle de Pienne.

Mesdemoiselles la Fontaine & Demathin, Bergeres.

BERGERS.

Monsieur le Comte de Brionne.
Messieurs Pecourt, Lestang & Favier.

Cette Danse est accompagnée d'une Chanson chantée par Amyntas & par Menalque.

AMYNTAS & MENALQVE.

Charmant repos d'une vie innocente,
Nostre bonheur ne depend que de vous.
Le noir Chagrin suit la Pompe esclatante;
La Grandeur fait des jaloux.
La Fortune est changeante,
Qui reçoit ses dons doit craindre ses coups.
Charmant repos d'une vie innocente,
Nostre bonheur ne depend que de vous.
Tout nous enchante,
Les vrais plaisirs ne sont faits que pour nous,
Nostre ame est contente;
Quel sort est plus doux?
Charmant repos d'une vie innocente,
Nostre bonheur ne depend que de vous.

ALCIPPE.

LE Prince qui poursuit avec un soin extréme
Les Hostes furieux des Forests d'alentour,
Aime assez nos Concerts pour les offrir luy-mesme
Au grand Roy dont il tient le jour.

LYCIDAS, & les Chœurs des Nymphes des Bergers & des Bergeres.

Que ce Roy Vainqueur a de gloire!
Le sort du Monde est en ses mains.
Le bonheur des Humains
Est le seul prix qu'il veut de sa Victoire.

THYRSIS.

La gloire luy suffit, ses vœux sont satisfaits.
Il est content d'humilier l'Audace,
Et d'enchaîner la Guerre pour jamais:
Les seuls Ennemis qu'il menace
Sont les Ennemis de la Paix.

SILVIE.

Pour rendre son Empire heureux & florissant
Ses travaux trouvent tout facile:
Il est tousjours agissant,
Et paroist tousjours tranquille.

ALCIMEDON.

Entre les autres Roys, ce Roy victorieux
Est tel que l'on depeint entre les autres Dieux
Celuy qui lance le tonnerre.
C'est l'Autheur glorieux
Du repos de la Terre;
C'est l'Effroy des Audacieux
Qui voudroient r'allumer la guerre:
C'est le Don le plus precieux
Que nous ayons receu des Cieux.

Les Chœurs des Nymphes des Bergers & des Bergeres repetent ces deux derniers Vers.

C'est le Don le plus precieux
Que nous ayons receu des Cieux.

SECONDE ENTRE'E.

Une nouvelle Troupe de Nymphes, de Bergers & de Bergeres vient en dansant au Temple de la Paix.

NYMPHES.

MADAME LA DUCHESSE DE BOURBON.
Mademoiselle de Blois, Mademoiselle d'Armagnac.

BERGERES.

Mademoiselle d'Uzez, Madame de l'Euvestain, Mademoiselle d'Estrées, & Mademoiselle Breard.

BERGERS.

MONSIEUR LE PRINCE D'ENRICHEMONT.
Monsieur le Chevalier de Sully. Monsieur le Comte de Guiche. Monsieur le Chevalier de Saucourt.

TROIS JEUNES BERGERS.

Monsieur le Chevalier de Châteauneuf.
Le petit Allemand & le petit Magny.

DAPHNIS, & les Chœurs des Nymphes des Bergers & des Bergeres.

LA gloire où ce Vainqueur aspire,
Est de faire aimer son Empire.
Il respand ses faveurs jusques dans nos Hameaux;
Nostre repos est son ouvrage:
Il conte pour ses jours les plus doux, les plus beaux,
Ceux qu'il signale davantage
Par des bienfaits nouveaux.

SILVIE.

On conteroit plustost les Epics qu'on moissonne,
Les Roses du Printemps, & les Fruits de l'Autonne,
Que les Biens qu'on doit à ses soins:
C'est luy qui se ressent le moins
Du repos qu'il nous donne.

CLIMENE.

Sans cesse benissons ce Vainqueur genereux.
Joüissons sous ses loix d'vn sort digne d'envie,
Que le Ciel prenne soin d'une si belle Vie.
Nous ne formons point d'autres vœux,
C'est assez pour nous rendre heureux.

Les deux Troupes de Nymphes de Bergers & de Bergeres unissent leurs voix & dansent ensemble.

Chœurs de Nymphes de Bergers & de Bergeres.

Joüissons sous ses loix d'un sort digne d'envie,
Que le Ciel prenne soin d'une si belle Vie;
Nous ne formons point d'autres vœux,
C'est assez pour nous rendre heureux.

Les Nymphes, les Bergers & les Bergeres se placent sur des sieges de gazon autour du Temple de la Paix, & y attendent les Peuples qui doivent venir à la Feste.

Daphnis

DAphnis & Silvandre ſont tout bas une converſation qui les engage inſenſiblement dans une conteſtation qui leur fait eſlever la voix.

DAPHNIS ET SILVANDRE enſemble.

DAPHNIS } *Malheureux* } *Un Amant fidelle !*
SILVANDRE } *Trop heureux*

DAPHNIS } *Malheureux*
SILVANDRE . . . } *Trop heureux*

Un cœur engagé dans les nœuds
D'une amour éternelle ?

DAPHNIS } *Malheureux* } *Un Amant fidelle ?*
SILVANDRE } *Trop heureux*

DAPHNIS.

Gardons-nous, gardons-nous
D'une amour tendre.

SILVANDRE.

Est-il rien de plus doux?
Pourquoy nous en deffendre?

SILVANDRE ET DAPHNIS ensemble.

SILVANDRE. { *Non, il n'est point de plaisir plus charmant*
DAPHNIS. { *Non, il n'est point de plus cruel tourment.*

SILVANDRE.

Pour nous juger veux-tu choisir Philene?

DAPHNIS.

I'en suis content, on ne peut mieux choisir.

Philene sort de l'endroit où il estoit placé, & vient entendre Silvandre & Daphnis.

DAPHNIS.

Ie soustiens que l'amour est tousiours une peine.

SILVANDRE.

Ie soustiens que l'amour n'est jamais sans plaisir.

Pour un cœur toustiours severe
Que là vie a peu d'appas!
Les Plaisirs ne regnent guere
Où les Amours ne sont pas.

DAPHNIS.

Dans les beaux jours le doux Zephire
Fait moins naistre de fleurs
Que le cruel Amour dans son funeste Empire.
Ne fait verser de pleurs.

Les Nymphes, les Bergers & les Bergeres, se partagent en deux Partis, dont l'un est du sentiment de Daphnis, & l'autre de l'opinion de Silvandre.

Le Party de Daphnis, & le Party de Silvandre ensemble

Le Party de Daphnis. } *Malheureux* }
Le Party de Silvandre. } *Trop heureux* } *Vn Amant fidelle*

Le Party de Daphnis } *Malheureux*
Le Party de Silvandre } . . . . : *Trop heureux*

Un cœur engagé dans les nœuds
D'une amour éternelle!

Le Party de Daphnis.

Gardons-nous, gardons-nous
D'une amour tendre.

Le Party de Silvandre.

Est-il rien de plus doux?
Pourquoy nous en deffendre?

Le Party de Daphnis, & le Party de Silvandre ensemble.

Le Party de Silvandre } *Non, il n'est point de plaisir plus charmant.*

Le Party de Daphnis. } *Non, il n'est point de plus cruel tourment.*

PHILENE.

La Paix regne dans ce Boccage,
Et sans cesse à nos Ieux elle doit presider.
Ne disputez pas davantage,
Bergers, il faut vous accorder.

Il est doux d'estre amant d'une Bergere aimable,
Mais il est dangereux
D'estre trop amoureux:
L'excés d'amour rend un cœur miserable,
Un peu d'amour suffit pour estre heureux.

Les deux Partis s'accordent, & repetent ensemble les derniers Vers que Philene a chantez.

LES CHOEURS.

Il est doux d'estre amant d'une Bergere aimable;
Mais il est dangereux
D'estre trop amoureux;
L'excés d'amour rend un cœur miserable,
Un peu d'amour suffit pour estre heureux.

Les Nymphes, les Bergers & les Bergeres reprennent leurs places.

TROISIESME ENTRE'E.

Les Basques devancent les autres Peuples qui doivent venir au Temple de la Paix, ils y arrivent en dansant à la maniere de leur Païs.

FILLES BASQVES.

MADAME LA DVCHESSE DE BOVRBON.

Mesdemoiselles Laurent, & le Paintre.

DEVX PETITS BASQVES.

Monsieur le Marquis de Chateauneuf. Le petit Magny.

SIX GRANDS BASQVES.

Monsieur le Comte de Brionne.

Messieurs Pecourt, Lestang, Faüre, du Mirail & Magny.

Deux Basques chantent au milieu des Danses.

CHANSON DES BASQUES.

Suivons l'aimable Paix qui nous appelle,
Mille nouveaux Plaisirs sont avec elle.
L'Amour promet icy des Iours heureux,
Et sans allarmes :
Il bannit les Soins facheux.
Que l'Amour a de charmes
Quand il vient avec les Ieux !

Nous fuyons la Beauté tousiours severe ;
Les Fers que nous portons ne pesent guere.
L'Amour promet icy des Iours heureux,
Et sans allarmes :
Il bannit les Soins facheux.
Que l'Amour a de charmes
Quand il vient avec les Ieux !

Silvie se leve avec inquietude du siege de gazon où elle estoit assise, elle se tire à l'escart, & va resver sous un épais feüillage.

SILVIE.

QV'estes-vous devenu doux calme de mes sens?
Mille troubles secrets sans cesse renaissans
M'agitent dans ce lieu paisible.
Trop heureux un Cœur insensible
A qui l'amour est inconnu !
Doux calme de mes sens qu'estes-vous devenu ?

Daphnis voyant Silvie s'esloigner des Bergeres ses compagnes, la suit pour luy parler de l'amour qu'il a pour elle.

DAPHNIS.

Ie te ſuivray touſiours trop aimable Silvie,
Tes beaux yeux ſur mon cœur n'ont que trop de pouvoir,
Quand il m'en couſteroit le repos de ma vie
Ie ne puis trop payer le plaiſir de te voir.

SILVIE.

Dans ces lieux fortunez tout doit eſtre tranquille,
Que ne m'y laiſſe-tu reſver?
Ie cherche en vain la Paix, mon ſoin eſt inutile,
Tu m'empeſches de la trouver.

DAPHNIS.

Tu veux me fuyr, belle Inhumaine;
Puis-je ſans toy goûter les doux plaiſirs
Qu'une charmante Paix rameine?
Crains-tu d'entendre les ſoûpirs
D'un tendre amour dont tu cauſes la peine?
Bergere inſenſible as-tu peur
Que mon mal ne touche ton cœur?

SILVIE.

Tu me dis qu'un amour extréme
Eſt un tourment fatal:
Pourquoy veux-tu que j'aime?
Pourquoy me veux-tu tant de mal?

DAPHNIS.

L'amour de luy-meſme eſt aimable;
C'eſt toy, Bergere impitoyable

C'est toy qui dans mon cœur en veux faire un tourment,
Tu peux d'un mot favorable
En faire un plaisir charmant.

Ne te rendras-tu point à ma perseverance?
Tu ne me respons pas? que me dit ton silence?
Pourquoy fremir en m'escoutant?
Et qui peut de la voix t'interdire l'usage?

SILVIE.

Si je parlois davantage
Ie ne t'en dirois pas tant.

DAPHNIS.

Ciel! le cœur de Silvie avec le mien s'engage!
O Ciel! fut-t'il jamais un Berger plus content!

SILVIE.

Ne m'offre point ton cœur si tu ne me promets
Qu'il portera tousiours une chaîne si belle.
Il vaudroit mieux n'aimer jamais
Que de ne pas aimer d'une amour éternelle.

DAPHNIS.

La frileuse Hirondelle
Cherchera les Frimats, & craindra le retour
De la Saison nouvelle,
Plustost que je sois infidelle,
Et que j'esteigne mon amour.

SILVIE.

L'Astre qui nous donne le jour
Perdra sa lumiere immortelle,
Plustost que je sois infidelle
Et que j'esteigne mon amour.

DAPHNIS & SILVIE.

Heureux les tendres Cœurs
Où l'Amour est d'intelligence
Avec la Paix & l'Innocence:
Heureux les tendres Cœurs
Où l'Amour & la Paix unissent leurs douceurs.

Les Nymphes, les Bergers & les Bergeres s'interessent dans le bonheur de Daphnis & de Silvie, & repetent les Vers que ce Berger & cette Bergere ont chantez.

LES CHOEURS.

Heureux les tendres Cœurs
Où l'Amour est d'intelligence
Avec la Paix & l'Innocence:
Heureux les tendres Cœurs
Où l'Amour & la Paix unissent leurs douceurs.

QVATRIÉME ENTRÉE.

Une Troupe de Bretons & de Bretonnes vient prendre part à la Feste qui se fait devant le Temple de la Paix, Ces Peuples tesmoignent leur joye en dansant, & font entendre par une chanson qui accompagne leur Danse, qu'ils se proposent d'éviter les troubles de l'amour, & de conserver tousiours la tranquilité dont ils joüissent.

FILLES DE BRETAGNE.

MADAME LA PRINCESSE DE CONTY.
Mademoiselle de Pienne. Mademoiselle Roland.
Mesdemoiselles de la Fontaine, & Breard.

BRETONS.

Monsieur le Comte de Brionne.
Messieurs Pecourt, Lestang, Favier l'aisné, & du Mirail.

CHANSON
chantée par deux Bretonnes.

A Paix revient dans cét azile,
Rien n'est si doux que ses attraits.
N'aimons jamais,
Il est trop difficile
D'unir tousiours l'Amour avec la Paix.

Heureux un Cœur libre & tranquille!
Tous ses desirs sont satisfaits.
N'aimons jamais,
Il est trop difficile
D'unir tousiours l'Amour avec la Paix.

SIlvandre amoureux de Climene, veut s'aprocher d'elle pour luy parler; Climene le fuit avec empressement, & paroist irritée contre ce Berger; Il en est d'autant plus surpris qu'il croyoit estre aimé de cette Bergere.

SILVANDRE.

IE ne voy dans vos yeux qu'une colere extrême,
O Ciel! quel changement!
Vous m'aviez tant promis de m'aimer constamment,
Est-ce ainsi que l'on aime?

CLIMENE.

Allez, laissez mon cœur en paix.
Ingrat, ne me voyez jamais.

SILVANDRE.

Ie vivrois sans vous voir! quel suplice est plus rude!
Vous m'accusez d'ingratitude!
Aprenez-moy du moins les crimes que j'ay faits.

CLIMENE.

Allez, laissez mon cœur en paix.

SILVANDRE.

Climene, j'ay promis de vous estre fidelle,
Fussiez-vous cent fois plus cruelle
De nouveau, je vous le promets.

CLIMENE.

Ingrat, ne me voyez jamais.

SILVANDRE.

Ie pourrois estre Ingrat! & vous le pourriez croire!
Que devient cét amour si doux, si plein d'attraits....

CLIMENE.

N'en rappellez pas la memoire,
Non, vostre trahison n'en seroit que plus noire.
Allez, laissez mon cœur en paix,
Ingrat, ne me voyez jamais.

SILVIE arrestant CLIMENE.

Quoy, ne veux tu pas voir une Feste si belle?

SILVANDRE.

Climene m'abandonne à ma douleur mortelle.

SILVIE.

Quels differents peuvent naistre entre vous?
L'Amour unit vos cœurs de ses nœuds les plus doux.

La Paix descend du Ciel pour bannir les allarmes,
Et fait en cent Climats regner un calme heureux.
Ne peut-elle estendre ses charmes
Iusques dans l'Empire amoureux?

SILVANDRE.

Que la colere
De ma Bergere,
Est terrible pour moy!
Rien ne m'inspire tant d'effroy
Que le malheur de luy déplaire.
La Foudre preste à m'accabler
Me feroit moins trembler
Que la colere
De ma Bergere.

CLIMENE parlant à SILVIE.

Non, ne t'oppose point à mes ressentimens,
Ne me contrains pas à l'entendre.

SILVIE.

Lors qu'un amour fidelle & tendre
Vous doit donner des jours charmans,
Quel plaisir pouvez-vous prendre
A vous faire des tourmens?

CLIMENE.

Ce Berger trompeur s'engage
Dans de nouvelles amours:
S'il n'eust point esté volage
Ie l'aurois aimé tousiours.
L'ingrat m'a fait une offense
Dont mon cœur a profité,
Et c'est à son inconstance
Que je doy ma liberté.

Pour espouser Cephise il devient infidelle.

SILVANDRE.

Mon Pere avoit dessein de m'unir avec elle;
Mais son dessein fatal change en cet heureux jour,
Desormais nostre hymen est son unique envie.
Ie perdrois plustost la vie
Que de trahir nostre amour.

SILVIE.

La colere qui te possede
Doit finir avec ton erreur.

CLIMENE.

Un doux calme succéde
Au trouble de mon cœur.

SILVIE.

Aimez desormais sans craintes,
Vivez exempts de soupçons,
Et changez vos tristes plaintes
En d'agreables chansons.

SILVANDRE, CLIMENE & SILVIE.

Ainsi qu'apres l'orage,
Le celeste Flambeau
Sort du sombre nuage,
Et n'en est que plus beau
Apres la tempeste cruelle
Qu'excitent les soupçons jaloux,
L'Amour tendre & fidelle
N'en devient que plus doux.

Les Nymphes, les Bergers, & les Bergeres qui ont esté tesmoins du raccommodement de Silvandre & de Climene repetent ce que Silvandre, Climene & Silvie ont chanté ensemble.

Ainsi, qu'apres l'orage,
Le celeste Flambeau
Sort du sombre nuage,
Et n'en est que plus beau
Apres la tempeste cruelle
Qu'excitent les soupçons jaloux,
L'Amour tendre & fidelle
N'en devient que plus doux.

CINQVIESME ENTRE'E.

Les Sauvages des Provinces de l'Amerique qui despendent de la France, viennent au Temple de la Paix, & font connoistre par leurs chansons, & par leurs danses, le plaisir qu'ils ont d'estre sous l'Empire d'un Roy puissant & glorieux qui les fait joüir d'une heureuse tranquilité.

SAVVAGES. AMERIQUAINS.

MONSIEVR LE MARQVIS DE MOÏ.

Monsieur Beauchamp. Messieurs Pecourt, du Mirail, Joubert, Magny, Faüre, le petit Allemand, & le petit Magny.

UN SAUVAGE.

Nous avons traversé le vaste sein de l'Onde,
Pour venir rendre hommage au plus puissant des Roys :
Il prefere au bonheur d'estre Vainqueur du Monde
La gloire de tenir dans une paix profonde
Ses Ennemis vaincus cent & cent fois.

Son Nom eſt reveré des Nations ſauvages.
Juſqu'aux plus reculez Rivages
Tout retentit du bruit de ſes Exploits.
Ah! qu'il eſt doux de vivre ſous ſes loix.

Le Chœur des Sauvages repete ces quatre Vers.

Son nom eſt reveré des Nations ſauvages.
Juſqu'aux plus reculez Rivages
Tout retentit du bruit de ſes Exploits.
Ah! qu'il eſt doux de vivre ſous ſes loix.

Une partie des Sauvages chante au milieu des Danſes des autres Sauvages.

Chœur des Sauvages.

Dans ces lieux, il faut que tout reſſente
Le retour d'une Paix ſi charmante.
Les Amants ſont les ſeuls deſormais
Que l'on doit entendre icy ſe plaindre:
Sans l'Amour & ſans ſes traits
Tout ſeroit en paix,
On n'auroit plus rien à craindre.

L'heureux Sort qu'un doux repos prepare
Doit charmer le Cœur le plus barbare.
Les Amants ſont les ſeuls deſormais
Que l'on doit entendre icy ſe plaindre:

Sans l'Amour & sans ses traits
Tout seroit en paix
On n'auroit plus rien à craindre.

Lycidas aime Amaryllis, & n'a pas encore osé luy declarer son amour. Il voit avec inquietude qu'Alcippe est assis prés de cette Bergere ; Il s'escarte des autres Bergers pour resver en liberté ; & pour soupirer en secret.

LYCIDAS.

Douce Paix qui dans ces Retraites
Establissez vostre sejour,
Ah! vos douceurs ne sont pas faites
Pour les Cœurs troublez par l'Amour!
Toute charmante que vous estes,
Vous ne sçauriez calmer par vostre heureux retour
Mes inquietudes secretes.
Douce Paix qui dans ces Retraites
Establissez vostre sejour,
Ah! vos douceurs ne sont pas faites
Pour les Cœurs troublez par l'Amour.

Amaryllis qui a fait dessein de fuïr l'amour, & & de conserver tousiours sa liberté & son repos, s'esloigne d'Alcippe qui veut luy parler de l'amour qu'il a pour elle, & s'aproche sans y penser du lieu où est Lycidas.

ALCIPPE, suivant AMARYLLIS.

Te plaindras-tu tousiours de l'amour tendre
Qui me contraint à te suivre en tous lieux?
Est-ce à mon cœur qu'il t'en faut prendre?
N'en accuse que tes beaux yeux.

LYCIDAS.

Tu ne connois pas, Inhumaine,
Tous les Amants que tu tiens enchaînez:
Ce ne sont pas les plus infortunez
Qui t'osent parler de leur peine.
Tel meurt pour tes appas
Qui ne te le dit pas.

AMARYLLIS.

Delivrez-vous d'une chaîne
Qui ne peut vous causer que de cruels tourmens.
Ie vous ay dit cent fois que je hay les Amans,
Pourquoy cherchez-vous ma haine?

LYCIDAS.

Si les Bergers que tu rends amoureux
Sont certains d'attirer ta haine & ta colere
Ie ſuis ſeur d'eſtre malheureux,
Ie ne pourray jamais ceſſer de te deplaire.

AMARYLLIS.

Rien ne m'engagera ſous l'amoureuſe loy.
Combien d'Amants manquent de foy,
Et n'en font pas de grands ſcrupules!
On s'expoſe en aimant à de mortels dangers,
On ne trouve que trop d'infidelles Bergers,
Malheur aux Bergeres credules.

ALCIPPE.

Devien ſenſible à ma langueur
Ie t'aymeray d'une amour éternelle.
Ah! Bergere cruëlle,
Pour qui veux-tu garder ton cœur?

LYCIDAS & ALCIPPE.

Choiſi l'Amant le plus fidelle,
C'eſt moy qui doy fléchir ta barbare rigueur
Ah! Bergere cruelle,
Pour qui veux-tu garder ton cœur?

AMARYLLIS.

Ie garde mon cœur pour moy-mesme,
Il ne sera point agitté.
Quel bien vaut la douceur extréme
D'une heureuse tranquilité?

LYCIDAS & ALCIPPE.

Degageons-nous, s'il est possible,
Cessons d'aimer une Insensible.

AMARYLLIS.

N'aimons que la liberté,
Rien n'a tant de charmes
L'Amour couste trop de larmes;
Sa plus douce felicité
N'est jamais exempte d'allarmes,
N'aimons que la liberté,
Rien n'a tant de charmes.

AMARYLLIS, LYCIDAS, ET ALCIPPE.

O bien-heureuse Paix,
Rendez mon cœur tranquille;
O bien-heureuse Paix,
Ne nous quittez jamais.

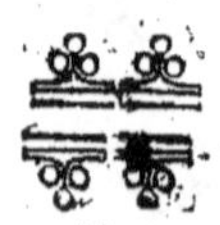

LYCIDAS.

LYCIDAS.

Sans vous, le plus grand bien est un bien inutile,
Tous les plaisirs sans vous sont imparfaits.

AMARYLLIS, LYCIDAS & ALCIPPE.

O bien-heureuse Paix,
Rendez mon cœur tranquille;
O bien-heureuse Paix
Ne nous quittez jamais.

Les Chœurs repetent ces deux Vers.

O bien-heureuse Paix
Ne nous quittez jamais.

SIXIESME & derniere Entrée.

Les Peuples d'Afrique qui se souviennent encore des malheurs que la guerre leur a causez, viennent au Temple de la Paix tesmoigner la joye qu'ils ressentent d'esprouver la clemence du Vainqueur, & de joüir du repos qu'il leur a donné.

AFRIQVAINES.

MADAME LA DVCHESSE DE BOVRBON.
MADAME LA PRINCESSE DE CONTY.
Mademoiselle de Blois. Mademoiselle d'Armagnac.
Mademoiselle Roland, Mesd[lles] de la Fontaine, & Breard.

AFRIQVAINS.

Monsieur le Comte de Brionne.
Messieurs Pecourt, Lestang & Favier.

VN AFRIQUAIN.

Quel bonheur pour la France
D'estre sous la puissance
D'un Roy si renommé!
Le plus ardent desir dont il est animé
C'est de faire regner la Paix & l'abondance.
Quel Peuple n'est point allarmé
Quand ce Heros fait tonner sa vengeance?

Malheur à qui s'expose à la foudre qu'il lance.
Qu'il est doux de le voir quand il est desarmé!
Quel bonheur pour la France
D'estre sous la Puissance
D'un Roy si renommé.

Les Peuples d'Afrique dansent, & tous les Chœurs se reunissent pour chanter la gloire du Roy Victorieux, qui a donné la Paix à tant de differentes Nations.

LES CHOEURS.

Chantons tous sa Valeur triomphante.
Chantons tous sa Vertu bienfaisante
Il soûmet à ses loix ses plus fiers Ennemis,
Il prend soin du bonheur de ceux qu'il a soûmis.
Que la Gloire à jamais le couronne:
Ioüissons du repos qu'il nous donne,
Que cent Peuples divers comblez de ses bienfaits
Prennent part avec nous aux plaisirs de la Paix.

VN AFRIQUAIN.

Gardons-nous d'attirer sa colere
Ne songeons desormais qu'à luy plaire
Son Tonnere a laissé sur les Bords Affriquains
Vn exemple terrible au reste des Humains.

LES CHOEURS.

Quel Empire euſt jamais tant de charmes!
Sous ſes loix nous vivons ſans allarmes.
Les plus doux de ſes vœux
Sont de nous rendre heureux.

VN SAUVAGE, & les Chœurs.

On le craint aux deux bouts de la Terre,
Et ſon Nom glorieux vole au delà des Mers;
Il contraint le Demon de la Guerre,
A rentrer pour jamais dans le fond des Enfers.

LES CHOEURS.

Chantons tous ſa Valeur triomphante.
Chantons tous ſa Vertu bienfaiſante.
Il ſoûmet à ſes loix ſes plus fiers Ennemis,
Il prend ſoin du bonheur de ceux qu'il a ſoûmis,
Que la Gloire à jamais le couronne;
Ioüiſſons du repos qu'il nous donne,
Que cent Peuples divers comblez de ſes bienfaits
Prennent part avec nous aux plaiſirs de la Paix.

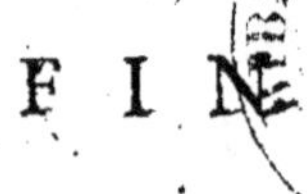

FIN

www.ingramcontent.com/pod-product-compliance
Lightning Source LLC
LaVergne TN
LVHW010007230826
846092LV00002B/697

* 9 7 8 2 3 2 9 6 5 1 4 8 4 *